ÉPITRE

A

MON FRÈRE,

EN RÉPONSE A LA SIENNE.

Ile Maurice, le 15 avril 1819.

PAR FRANÇOIS BERNARD, CHEF DE BATAILLON,
EMPLOYÉ AU COLLÉGE DE LA COLONIE.

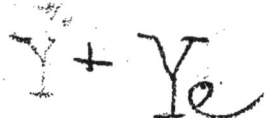

Nos patriam fugimus.
VIRG. Egl.

A CLERMONT-FERRAND,

DE L'IMPRIMERIE DE LANDRIOT, LIBRAIRE,
IMPRIMEUR DU ROI ET DE LA PRÉFECTURE.

1820.

AVIS DE L'EDITEUR.

Je me satisfais en livrant à l'impression cette épître, qui m'est parvenue de si loin. On me pardonnera, peut-être, de m'être laissé enivrer par quelques lignes flatteuses, sorties de la plume d'un frère. Nous nous plaisons, par fois, à nous aveugler sur les défauts de ceux que nous aimons.

Comme quelques passages de cet opuscule sembleroient un peu excuser ceux qui, dans les temps d'orage, s'éloignent de la patrie, j'y réponds par l'apologue suivant :

L'HIRONDELLE ET LE MOINEAU.

Comment vous trouvez-vous, pauvre petit moineau,
Disoit une hirondelle
Un jour, à certain passereau,
Sur le sommet d'une tourelle ?
Avez-vous bien passé la saison des frimas ?
Car vous ne bougez pas
Des lieux où la nature
Voulut vous attacher ;
Vous n'allez point chercher,
Comme nous, aventure ;
Et vous restez, pour vous cacher,
Dans le trou de quelque masure.
Que faire dans les champs,
Quand ils sont dépouillés de verdure et d'ombrage ?

Vous ne voyez tous les ans
Qu'un printemps.....
Et puis l'hiver vient glacer ce rivage.
Que je plains votre sort !
Autant vaudroit–il être mort.
A nous appartient tout le monde :
Nous allons au delà de l'onde
Chercher les regards du soleil.
Quand vous êtes transi, plongé dans le sommeil,
Sous des cieux sans nuages
Nous voltigeons dans les bocages,
Nous rasons les étangs,
Et nous ne revenons que lorsque les feuillages
Chez vous annoncent le beau temps.
Tel est le cours de notre vie.
Pour nous, dit le moineau,
Qu'il fasse froid ou chaud,
Nous ne quittons point la patrie.

J. BERNARD, *off. retiré.*

ÉPITRE

A

MON FRÈRE,

EN RÉPONSE A LA SIENNE.

————

Ile Maurice, 15 avril 1819.

Sur ce roc étranger, dans ce climat brûlant,
Où Phébus darde à plomb son disque étincelant,
Depuis près de trois ans, jeté par la tempête,
Au sein de l'amitié je reposois ma tête ;
Echappé du naufrage, et presque résigné,
Contre les coups du sort j'étois moins indigné,
Quand mes ressentimens, que je t'ai fait connoître,
Ont cédé tout-à-fait au baume de ta lettre
(Lettre où j'ai reconnu la droiture du cœur,
La sagesse, le goût et l'esprit de l'auteur).
Ce baume consolant, venu de source pure,
Et par la main du temps versé sur ma blessure,
En a cicatrisé les restes engourdis......
Mes maux sont oubliés, s'ils ne sont pas guéris.
J'ai pleuré..... j'ai trouvé dans mes pleurs quelques charmes !...
On est moins malheureux quand on répand des larmes.

L'espérance m'a lui..... j'ai cru lire en mon cœur,
Quand il s'attendrissoit, mon retour au bonheur.
Ainsi, dans nos vallons, quelques gouttes de pluie
De l'orage qui gronde apaisent la furie.

Que de braves, hélas ! luttant contre le sort,
Aujourd'hui plus que moi sont éloignés du port !
Mon œil encor se mouille, en pensant à la plage
Où plus d'un a trouvé la mort dans le naufrage.
De maux dont je voudrois perdre le souvenir,
Pour la dernière fois je veux t'entretenir ;
Pour la dernière fois, mon frère, je rappelle
Ces jours où des Français (pardonnons à leur zèle),
Au milieu de la paix, immolant nos guerriers,
Ne portoient qu'en tremblant la main sur leurs lauriers.
S'ils ont erré, l'erreur est-elle au rang des crimes ?
Grand Dieu ! pour l'expier falloit-il des victimes ?

Un héros n'étoit plus..... son sang fumoit encor,
Et la patrie en deuil déploroit son Hector.
Nos soldats consternés, dispersés dans la France,
Partout étoit en butte aux traits de la vengeance ;
Partout retentissoient de sinistres clameurs,
De la proscription tristes avant-coureurs,
Lorsqu'offrant à mes yeux les *oreilles du lièvre*,
La Fontaine un instant vint me donner la fièvre :
L'avis me parut sage ; et la suite a fait foi
Qu'un intervalle est bon entre l'orage et soi.

Je partis ; je quittai cette terre chérie ;
Je la quittai..... Le cœur quitte-t-il sa patrie ?
Ah ! même en la fuyant je la voyois toujours ;
Je l'aimois, et pour fuir l'objet de mes amours,
J'emportois avec moi des traces trop profondes.

Ni la fureur des vents, ni le courroux des ondes,

Ne pouvoient m'arracher du tillac, où, les nuits,
J'aimois à me nourrir de mes mortels ennuis :
J'y pleurois, le matin, au lever de l'aurore ;
Le soir, j'y revenois, et je pleurois encore.
Pensant à mes amis, pensant à leur danger,
Danger que j'aurois dû peut-être partager,
J'accusois du vaisseau le rapide sillage,
Et, l'œil sur l'horizon, en cherchant le rivage,
Dans le rêve du cœur, quelquefois j'oubliois
Que je l'avois quitté..... peut-être pour jamais.
Virgile a dit :-Fuyez une terre barbare.
Ah ! fût-elle pour nous encore plus avare,
Cette terre cruelle, et que je devois fuir,
Aura mes derniers vœux et mon dernier soupir.
    Déjà la croix du sud marquoit de quatre étoiles
Le point qui dirigea l'amure de nos voiles ;
Près de quitter le nord, les pleurs de l'amitié
Coulèrent de nouveau sur la triste moitié
Du globe où, malgré moi, j'avois laissé mon frère :
J'allois m'ensevelir dans un autre hémisphère.
Nous passâmes la ligne, invisibles confins
Qu'Uranie a tracés de ses savantes mains :
J'y cherchai si les eaux, plus ou moins resserrées,
Pouvoient déterminer la cause des marées ;
Si, plus que vers le pôle, élevé sur ce point,
En quittant l'équateur, je ne descendois point ;
Et tout en méditant sur tel ou tel système,
Pour la seconde fois je reçus le baptême (a).
    Notre léger esquif, navigant sans effort,
Avoit déjà franchi le cap d'Adamastor :

(a) Cérémonie burlesque, usitée au passage de la ligne.

Nouveaux regrets donnés à la patrie absente,
Furent, en le doublant, mon unique tourmente ;
Et sans obstacle aucun de la part du géant
Que le bon Camoëns nous a peint si méchant,
Sans songer qu'autrefois il fut si redoutable,
Mon œil osa toiser la hauteur de sa table (a).
Déjà Madagascar, que je vis signaler,
Me rapprochoit de l'île où j'allois m'exiler.....
Je l'aperçus enfin cette terre promise.
Salut, terre, salut ! m'écriai-je ; et la brise
De ma voix jusqu'au port emportant les éclats,
J'y trouvai mes amis qui me tendoient les bras.
Je ne te peindrai point ce qui ne peut se peindre :
Je les embrassai tous..... je ne fus plus à plaindre.
Je ne vis point flotter nos anciennes couleurs,
Témoins de tant de gloire et de tant de malheurs :
De saint Georges, pour moi, la bannière etrangère
M'offrit contre le sort son ombre tutélaire ;
Acceptant un bienfait, j'éprouvai, je sentis
Que la reconnoissance est de tous les pays.
Heureux depuis trois ans, s'il est permis de l'être
Loin de ses vieux amis, du sol qui nous vit naître,
Je vois couler mes jours, non sans quelques regrets,
Mais qui du moins ici sont filés dans la paix.
Sans trop approfondir les effets et les causes,
Je médite par fois sur le néant des choses :
En les analisant, heureux et satisfait
De trouver l'espérance au fond de mon creuset.
De mes vieux souvenirs nourrissant l'habitude,
Je cherche à deviner, libre en ma solitude,

(a) Une des plus hautes montagnes du Cap de Bonne-Espérance.

Ce qu'en d'autres climats tu peux faire, au moment
Où, tout rempli de toi, je te regrette absent.
Les yeux souvent fixés sur la méridienne,
Je cherche à rapprocher notre heure de la tienne ;
Et, le compas en main, comptant chaque degré,
Je gémis de me voir de toi si séparé.

Quand vous êtes encor privés de sa lumière,
Phébus, plus diligent, vient rouvrir ma paupière :
Je conjure le dieu qui préside au repos,
De répandre sur toi ses tranquilles pavots ;
Je dis : En ce moment, à ses maux faisant trève,
Peut-être qu'à mon frère il me présente en rêve ;
Peut-être qu'il me voit, qu'il me parle, m'entend.....
Je t'appelle..... et mes yeux te cherchent vainement.
Mais quand le dieu du jour vient, par torrens rapides,
Rougir, à l'horizon, le sein des Néréides,
Quatre heures avant toi, si je cède au sommeil,
J'invoque la faveur d'un songe au tien pareil :
De mon premier ami l'image caressée,
Avant de m'endormir, occupant ma pensée,
Quelquefois, en rêvant, je goûte le bonheur
De te revoir encor dans un tableau menteur.
Toujours songeant à moi, du moins je le suppose,
Tu veilles, à ton tour, quand ton frère repose :
Ainsi, de l'existence, émules d'amitié,
Les deux fils de Léda jouissoient par moitié.

Tes crayons, toujours vrais, guidés par la nature,
A peine encor guérie ont rouvert ma blessure :
Je tâchois d'oublier nos montagnes, nos bois,
Nos vallons, que j'avois parcourus tant de fois ;
Ces sites enchanteurs, ces aspects romantiques,
Ces ruisseaux, ces torrens, et ces châteaux gothiques ;

Ces donjons, étalant l'orgueil de leurs débris ;
Tous ces vieux monumens par les ans démolis,
Qui, du premier César rappelant la mémoire,
Partout, à chaque pas, me parloient de sa gloire :
Gondole, Mirefleurs, Cournon, Gergovia,
Toi, plus célèbre encor, trop heureux Chanona,
Fier, parmi nos hameaux, d'être le plus fertile,
Plus fier d'avoir vu croître et s'élever Delille....
Mon frère vous retrace en ses charmans portraits ;
Vous n'obtiendrez de moi que de nouveaux regrets.
Mais voulant, en revanche, entrer moi-même en lice,
Des lieux de mon exil je lui dois une esquisse.
   N'attends pas cependant que, prenant mes pinceaux,
Je m'engage à t'offrir d'aussi rians tableaux :
La variété seule embellit toutes choses.
On ne voit point chez nous de ces métamorphoses,
De ces grands changemens qu'apportent les saisons ;
L'hiver n'y montre point son manteau de glaçons ;
Les arbres rarement y quittent leur verdure ;
Pendant toute l'année ils ont même figure,
Ainsi que les amis du Monomotapa :
J'en puis parler..... ici, j'ai trouvé de ceux-là.
   Quand Zéphire, en vos prés, que Borée abandonne,
Ramène le printemps et tresse sa couronne,
Nos bois, que les frimas de deuil n'ont point couverts,
Sur cet heureux rocher dominent toujours verts ;
En tous temps, en tous lieux, la nature parée,
Etale ici les fleurs dont elle est diaprée.
De ses riches trésors les genres différens
Sont inconnus peut-être aux zéphyrs de vos champs :
Mais à l'Européen, quoiqu'en tout étrangère,
La Flore asiatique est bien digne de plaire.

Nous possédons de plus, vos roses, vos jasmins;
Vos myrthes, vos lauriers croissent dans nos jardins.
L'œillet tout parfumé, l'hyacinthe au teint blême,
Et le pâle narcisse, amoureux de lui-même,
Nous rappellent par fois vos parterres brillans.....
Mais où sont ces berceaux et ces bosquets charmans,
Ces labyrinthes frais, et ces vertes prairies,
Séjour silencieux des douces rêveries?
De nos carreaux unis les dessins n'offrent pas
Ces heureux accidens, où l'œil, à chaque pas,
Chez vous peut découvrir une beauté nouvelle;
Tous nos jardins sont faits sur le même modèle.
Si nous y voyons peu votre joli muguet;
Si votre chèvre-feuille y manque tout-à-fait,
Cependant votre Flore est par nous caressée :
Nous cultivons l'iris et soignons la pensée.

  Tu fais trop peu d'honneur à nos humbles bambous :
Si le chêne orgueilleux ne peut croître chez nous;
Si le frêne et l'ormeau n'y frappent point la vue;
De vos grands peupliers si la longue avenue
N'enchante pas mes yeux; des arbres du pays
J'admire la beauté, sans leur donner le prix;
Et de nos badamiers j'aime l'épais feuillage
Qui m'abrite au moment où j'écris cette page.

  Mon frère en ses portraits n'estime pas assez
Ces palmiers, dans les airs mollement balancés,
Et ces hauts ébéniers, vieux enfans de la terre,
Allant jusques au ciel défier le tonnerre;
Ces dattiers, dans la plaine en bouquets répandus;
Leurs régimes nombreux aux branches suspendus;
Ce cocotier enfin, qui, fier d'un double usage,
Présente au voyageur aliment et breuvage.

Nos cannes, nos cafiers n'offrent point le tableau
Dé vos nappes de blés, où brille le barbeau;
Sur nos monts, il est vrai, la vigne verdoyante
Ne nous réjouit point de sa grappe pendante :
Mais Cérès et Bacchus nous sont-ils étrangers?
Si nous ne cueillons pas la pomme des vergers,
La mangue la remplace; et l'ananas superbe,
Sans culture et sans soins, croît au milieu de l'herbe.
La pêche, qui se plaît dans son nouveau climat,
La banane sucrée, et l'atte, et l'avocat,
Composent nos desserts; au défaut de tous autres,
Nos fruits sont excellens!.... Je préfère les vôtres.

Ah! c'est surtout, mon frère, en entendant la voix
De l'oiseau qui, sans goût, gazouille dans nos bois,
Que, plein de souvenirs, aujourd'hui je regrette
Celle du rossignol, celle de la fauvette :
Ici, je cherche en vain ces chantres ravissans......
Leur absence me dit qu'il n'est pas de printemps.
Jamais à mes regards gentillé bergerette
Ne s'offre dans les prés cueillant la violette;
De vos pâtres jamais le hautbois amoureux
N'y réveille l'écho de ses sons langoureux;
Et jamais, vers le soir, sur la verte prairie,
Je ne vois Lycidas courant après Sylvie.
Mais j'aime quelquefois à suivre les travaux
Du robuste Africain, au milieu des roseaux;
J'aime de ses chansons le refrain monotone,
Quand sous le fer tranchant, la canne qu'il moissonne,
Tombe, riche du suc qu'elle enferme en ses nœuds;
Il pousse un cri de joie, et je le crois heureux :
Bien moins à plaindre, au fond, qu'on ne l'a dit peut-être,
L'esclave chante, rit, et s'attache à son maître.

S'il possède très-peu, ses désirs sont bornés ;
Ses enfans sont nourris ; des soins leur sont donnés.
Ne peut-il au labeur suivre ses camarades ?
Il trouve les secours qui sont dus aux malades ;
Et loin de son pays, que, jeune, il a quitté,
Il ne lui manque, ici, rien..... que la liberté.
Il n'en sent point le prix : mais est-il, quoi qu'on fasse,
Un plaisir qui la vaille, un bien qui la remplace ?
La liberté !..... Ce mot ravit mon cœur..... Heureux
Si l'on n'en eût point fait un abus dangereux ;
Si jadis..... Reprenons. Sous l'effort du cylindre,
J'entends couler le sucre, et la canne se plaindre ;
Et lorsqu'à mes regards ce jus si précieux
S'échappe, en bouillonnant, de ses flancs généreux,
Je me dis : Il se peut que ce roseau qui passe,
De mon frère, en Auvergne, aille sucrer la tasse.....
De l'échange établi calculant les effets,
J'admire le commerce, et chante ses bienfaits ;
Je vois, avec respect, venir des bouts du monde,
Ces vaisseaux qui, vainqueurs des abîmes de l'onde,
Et qui, souvent poussés par un contraire sort,
S'étonnent de se voir ensemble au même port.

Mais j'admire bien plus la main toute-puissante
De celui qui sans cesse est digne qu'on le chante ;
Qui, du haut de son trône assis sur l'univers,
Régit d'un seul coup d'œil et la terre et les mers,
Pèse tous les mortels dans la même balance,
Et fait grâce à l'erreur, qui jamais ne l'offense.

Ne crois point qu'à l'instar de certains esprits forts,
J'assimile mon âme au limon de mon corps :
Je sais qu'il est un Dieu que rien ne peut détruire ;
Je ne le saurois pas, que tout doit m'en instruire.

Mais, tout en y croyant, je te fais mes aveux,
« Je suis plus tolérant que je ne suis pieux. »
Bien que plein de respect pour nos pratiques saintes,
Je visite fort peu les augustes enceintes;
Mais il n'est pas de jour qu'en voyant du soleil
Le retour bienfaisant et le riche appareil,
Frappé de tant d'éclat, je n'adresse un hommage
A la divinité, dont je le crois l'image :
Prosterné, je demande, en commençant par toi,
Qu'elle daigne veiller sur mon frère et sur moi;
Qu'elle accorde à tous deux une assez longue vie,
Pour voir l'Europe heureuse, et la paix affermie;
Que, protégeant le champ du pauvre laboureur,
Elle assure au guerrier le prix de sa valeur;
Et que, mettant un frein à l'esprit de vengeance,
Du bouclier céleste elle couvre la France.
Pour les jours du monarque à ses sujet rendus,
Lorsque par lui je vois le Français défendu,
J'aime à prier; surtout, quand, gouvernant en sage,
Du vaisseau de l'Etat il prévient le naufrage,
Etouffe des méchans les complots ténébreux,
Règne par la clémence et rend son peuple heureux.
Avec plus de ferveur, j'aime à prier encore,
Lorsque d'un jour serein je vois naître l'aurore;
Lorsque ses doigts de rose, au milieu des débris,
Font briller les couleurs de l'écharpe d'Iris.
　　Non, jamais dans mon cœur, je me plais à le dire,
Je n'ai nourri ce fiel, ce farouche délire,
Qui du vieux Béarnais repoussa les enfans :
Qu'ils soient bons comme lui, comme lui bienfaisans.
Ne sont-ils plus Français, ceux qui d'un diadême
Que sur son peuple Henri jadis conquit lui-même,

Sont venus réclamer la légitimité ?
Le sceptre pourroit-il leur être contesté ?
Qu'il venge, dans leurs mains, le foible qu'on opprime :
Toujours le mieux porté fut le plus légitime ;
Et toujours l'équité, plus encor que leurs droits,
Imprima le respect sur le bandeau des rois.
Pour que ceux de Louis ne puissent se prescrire,
Qu'il fonde sur nos cœurs un éternel empire ;
Que de son noble aïeul imitant les vertus,
Il pardonne l'erreur, et la gloire aux vaincus ;
Que des Français, en tout, il se montre le père :
Voilà mon dernier vœu, ma dernière prière.

Je sais que de l'Etat prenant le gouvernail,
Sa sagesse entreprit un pénible travail ;
Et qu'à peine échappée à la fureur des vents,
La nacelle est encore en proie aux élémens ;
Que peut-être, en ce jour, la foudre au loin résonne.....
Mais, pour tout apaiser, qu'il dise : Je pardonne.
À ces mots, les Français, reconnoissant leur roi,
Tomberont à ses pieds, si j'en juge par moi ;
Par la reconnoissance entraînés aussitôt,
Ils iront dans son temple implorer le Très-Haut,
Et de Louis, en chœur, entonnant les louanges,
Ils uniront leurs voix aux cantiques des anges.

Environnons d'éclat le culte des autels ;
Il ajoute sans doute au respect des mortels.
De nos rites sacrés la noblesse imposante,
Peut séduire les yeux par sa pompe brillante :
Mais, tout en révérant la majesté du lieu,
Je pense que partout on peut adorer Dieu ;
Je pense, sans vouloir me donner pour exemple,
Qu'il suffit dans son cœur de lui bâtir un temple ;

Et qu'enfin, en français, aussi-bien qu'en latin,
On peut lui demander de nous tendre la main.
Je crois à la ferveur de vos missionnaires :
Mais je crains que leur zèle, en parlant à nos frères,
Un peu trop brusquement ne les ait éclairés.
Ainsi que la vertu, la foi vient par degrés.
De l'aveugle à guérir ménageons la paupière ;
Des yeux trop délicats craignent trop de lumière.
Pour reconnoître un Dieu de clémence et de paix,
N'est-ce donc pas assez de compter ses bienfaits ?
    Peut-être tu diras que, loin d'être dévot,
Je sens, dans mes discours, quelque peu le fagot :
J'en conviens ; mais qu'y faire ? A tâtons je chemine,
Attendant que la grâce un peu plus m'illumine :
Ce jour viendra peut-être, et de le voir venir
J'éprouve quelquefois un sincère désir.
S'il est des points qu'en vain je m'efforce à comprendre,
En pensant comme toi, pourrois-je me méprendre ?
Nous avons tous les deux même esprit, mêmes goûts,
Heureux si la raison est commune entre nous !
    Je vois sur le papier toujours courir ma plume.....
Si je ne l'arrêtois, j'écrirois un volume.
Il faut donc achever..... Le temps qui toujours fuit,
M'avertit, par sa voix, qu'il est déjà minuit :
C'est huit heures pour toi..... Que fais-tu dans la ville
Où tu viens, me dis-tu, d'établir domicile ?
Visite-tu Thalie ? Avez-vous un concert ?
Ici, rien de cela ; nous vivons au désert.
L'ombre à peine s'étend, chacun chez soi s'enferme ;
J'aimerois cent fois mieux habiter une ferme :
Las du travail, du moins, mes coqs et mes dindons,
M'invitant au repos, perchés sur leurs bâtons,

J'esquiverois l'ennui qui toujours vient me prendre,
Quand l'amant de Téthys dans les flots va descendre.

Mais remontons ensemble aux premiers feux du jour :
Et tandis qu'Apollon recommence son tour,
Tandis que de son char il répand la lumière,
Je vais te retracer mon obscure carrière;
Je vais, quoique de loin, par un naïf récit,
Présenter à tes yeux l'ordre qui me régit.

A cinq heures, la cloche, à la voix argentine,
Me réveille; et, suivant une vieille routine,
J'offre mon âme à Dieu, bien modique présent,
Mais dont, j'aime à le croire, il se trouve content.
Je sors; et dans les champs la fraîcheur de l'aurore
Ranime mes esprits, tout assoupis encore.
Sur un âne, par fois, monté modestement,
Sans craindre de tomber de trop haut, en tombant,
Au trot je me hasarde à parcourir la lice,
Où, nouveau Franconi, je fais quelqu'exercice.
Je rentre; et l'appétit, que j'ai su ramener,
Me fait trouver meilleur le pain du déjeûner.
Je me livre avec joie au travail, à l'étude :
Heureux qui s'en est fait une douce habitude!
Je monte dans ma chaire, où, citant Vaugelas,
J'enseigne à des enfans.... ce que je ne sais pas.
Je m'instruis, attendant que le dîner s'apprête :
J'entends le choc du verre et le bruit de l'assiette.....
A table je rejoins le sénat érudit;
Et nourrissant mon corps, j'y nourris mon esprit.
D'une courte sieste invoquant la douceur,
De l'œil brûlant du jour je cherche à fuir l'ardeur,
Quand l'airain m'avertit que le travail commence :
Je reprends, en bâillant, Cicéron et Térence;

2

Je tâche d'expliquer ces deux illustres morts;
Mais, soit dit entre nous, ce n'est pas sans efforts.
Mon auditoire est loin..... Le maître enfin respire.
C'est l'instant du repos, je l'emploie à t'écrire.

Le jour baisse, et déjà, vers l'humide horizon,
Je crois apercevoir les coursiers d'Apollon;
Déjà son char touchant au bout de sa carrière,
Ne répand sur les flots qu'un reste de lumière.
Content d'avoir rempli dans le jour mon devoir,
J'aime à mettre à profit le doux calme du soir.
Cet instant je le donne à la mélancolie ;
Je vais rêver dans l'ombre au néant de la vie.....
Mais j'embrunis, je crois, malgré moi mon crayon;
Diane va paroître, et je change de ton.

Te peindrai-je jamais l'azur de l'atmosphère,
Où, dans nos belles nuits, l'inégale courrière
Glisse dans le silence, et, de son char d'argent,
Jette un regard d'amour sur son heureux amant.
Un moment de pudeur voile-t-il son visage ?
Les zéphirs indiscrets écartent le nuage;
Et caressant les fleurs dont nos champs sont couverts,
De leur souffle odorant ils parfument les airs;
Ils bercent mollement sur la branche mobile
L'oiseau qui, pour la nuit, vient chercher un asile,
Où bientôt endormi, le seul bruit des ruisseaux,
Fuyant sur le gravier, peut troubler son repos.

Le travail cesse; on sort, et la jeune Créole,
De ses grâces parée, et le schal sur l'épaule,
Va, dans un vaste champ, où l'air est toujours frais (a),
Sans craindre pour son teint, promener ses attraits.

(a) La promenade du Champ-de-Mars.

C'est là qu'entretenant ses tendres rêveries,
Et jusques au souper, libre avec ses amies,
Elle parle d'un bal, où l'Amour aux aguets,
Dans son cœur innocent lança les premiers traits ;
C'est là que, pour un autre, elle forme d'avance
Les projets d'une walse ou d'une contredanse,
Soupire après ce jour, trop long-temps différé,
Et nomme, en rougissant, le danseur préféré.
Un tel aveu fait naître un peu de jalousie :
Constance est, en secret, rivale d'Emilie ;
Sans en rien témoigner, en secret toutes deux,
Pour obtenir la pomme ont déjà fait des vœux ;
On veut par la parure assurer sa conquête :
La marchande de mode, à vendre toujours prête,
Etale ses trésors, allume le désir,
Et trop cher quelquefois fait payer le plaisir.
Plus de simplicité pourroit-il donc l'exclure ?
Faut-il de tant d'apprêts surcharger la nature ?
Nos Créoles, je crois, sans prendre tous ces soins,
Pourroient nous plaire autant, et dépenser bien moins.
Peut-être suis-je ici blâmé de quelques-unes ;
Mes observations sont peut-être importunes ;
Mais enfin je le pense, et tout bas je le dis :
Un bal doit-il coûter si cher ?... Pauvres maris !...
Néanmoins, si par fois, dans les meilleurs ménages,
On a vu s'élever quelques légers nuages ;
Therpsycore produit un merveilleux effet,
Et l'humeur se dissipe au premier coup d'archet.
Oui, tout respire ici l'amour et la tendresse ;
Tout y nourrit ces feux, et cette douce ivresse,
Ces désirs inquiets, et ce trouble des sens,
Dont je parle aujourd'hui..., qu'on éprouve à vingt ans.

2 *

Où sont-ils ces beaux jours, qui passent comme un songe?
Ces instans de délire où le plaisir nous plonge?
Ne me luiront-ils plus ces éclairs de bonheur?
Faut-il cesser d'aimer, quand il nous reste un cœur?
   Qu'on ne me vante plus la fameuse Idalie,
Par la cour de Vénus autrefois embellie :
Le flambeau de l'amour y brilla-t-il jamais
De feux plus vifs qu'ici?..... Dans ses hardis projets,
Sur notre île porté par le Dieu de la guerre,
Suffren, avec raison, la surnomma Cythère :
Sans doute elle est encor le trône de Cypris;
Mais on n'y trouve plus ni les Jeux ni les Ris.
   Que m'importe, après tout, que leurs joyeuses bandes,
Le front paré de myrthe et de fraîches guirlandes,
Aient habité jadis un séjour fortuné?.....
Dois-je m'apercevoir s'ils ont abandonné
Ces beaux lieux où l'on voit encor fleurir la rose :
Ce n'est pas, je le sais, pour moi qu'elle est éclose :
Ma main foible et tremblante, inhabile à saisir,
Malgré tous ses efforts, ne pourroit la cueillir.
Trop sage pour penser qu'Amour me la destine,
Si je n'ai point la fleur, je n'en crains pas l'épine;
Et des pauvres amans, dont j'éprouvai le sort,
Je contemple aujourd'hui les naufrages du port.
Il est d'autres objets, il est dans la nature,
Une autre jouissance, et plus vive, et plus pure :
Près des riches tableaux que l'œil peut découvrir,
Pour moi chaque moment est un nouveau plaisir.
Mais en est-il qui puisse offrir autant de charmes,
Que celui d'exister sans trouble, sans alarmes;
Et, content du repos qui toujours règne ici,
De voir couler ses jours dans la paix et l'oubli!

Dans notre île, un peu loin, veux-je faire une course?
En route je me mets, sans craindre pour ma bourse;
La nuit comme le jour trouvant sécurité,
Jamais je n'ai la peur de me voir arrêté;
Jamais de ces récits de meurtres, de batailles.....
Un bruit léger vient-il agiter les broussailles?
C'est Pompée ou César qui fuit dans un taillis,
Tremblant d'avoir volé deux épis de maïs.
Las de courir les champs, si je reviens en ville,
Je suis sûr, au retour, d'y trouver tout tranquille :
L'airain frappe huit fois : un seul coup de canon
Ramène le silence au milieu du canton;
Le noir, à ce signal, est rentré chez son maître;
A peine dans la rue en voit-on un paroître :
Tout fuit, tout se retire; et tout seul, bien souvent,
Je n'entends que mes pas et l'haleine du vent;
Ou, dans l'obscurité, si quelque voix m'appelle,
En anglais je réponds *freind* à la sentinelle.
Le cœur encor tout gros de ce pénible effort,
Avant de m'enfermer, je me rends sur le port,
Croyant toujours de France y trouver un navire :
Facilement on croit ce que le cœur désire;
Dans mes vœux inquiets, heureux quand j'aperçoi
Le vaisseau qui m'apporte une lettre de toi !

Quelquefois je me plais, assis sur le rivage,
A regarder le flot qui, courant vers la plage,
A mes yeux enchantés, par un magique effet,
De la reine des nuits vient briser le reflet;
J'aime à voir, dans le port, le mobile étalage
Des vaisseaux, reposant sur la foi d'un cordage;
Cet ordre merveilleux, et ce paisible accord;
Ces canots désarmés, flottans le long du bord;

Sous les pieds du patron ces rames étendues ;
En longs porte-manteaux ces goles suspendues.
J'aime à me retracer de ces châteaux mouvans
Les fatigans roulis, les longs balancemens,
Pensant qu'hier encor le trident de Neptune
Pouvoit au sein des mers engloutir leur fortune.

Pour te peindre bien mieux ce nautique tableau,
Ce repos dans les airs, et ce calme sur l'eau,
Que n'ai-je de Vernet la sublime palette !
Mais à le contempler lorsque mon œil s'arrête,
De voix, dans le lointain, un murmure confus
Arrive jusqu'à moi ; j'écoute..... et n'entends plus.
Tout repose, tout dort ; le plus parfait silence.....
C'est l'instant consacré pour la reconnoissance,
Pour les regrets, les vœux, et les doux souvenirs :
C'est l'instant où mon cœur goûte quelques plaisirs.
A tous mes bienfaiteurs ma mémoire fidèle,
Avec combien de charme ici se les rappelle !
Avec quel intérêt, à mes amis absens
De mes heureux loisirs j'accorde les momens !

J'éprouve, à ce récit, que ma douleur s'allége.....
Eh ! puis-je, en promenant mes yeux sur ce collége,
Où je trouve un asile, un temple protecteur,
Oublier un instant le nom du fondateur ?
Decaën, mes souvenirs ne sont rien pour ta gloire,
Mais je mettrois la mienne à vivre en ta mémoire.
Plus d'un brave colon cite ici tes bienfaits ;
Ton nom, cher à plusieurs, n'y périra jamais ;
On t'aime, on te regrette, on vante ta prudence ;
On se souvient encor de ta noble défense,
Quand, vaincu par le nombre, et non par la valeur,
De tes aigles intacts tu conservas l'honneur.

Auroit-on pu penser que ces aigles si fières,
Courbant un jour leur front devant d'autres bannières,
Verroient nos rangs détruits, nos braves dépouillés,
De leurs vieux défenseurs restes éparpillés!
   Decaën, j'ai quelquefois partagé tes fatigues :
Toujours je t'ai connu l'ennemi des intrigues;
Franc, loyal, généreux, aux lois toujours soumis,
Toujours prêt à verser ton sang pour ton pays.
Si la gloire aux héros élève des statues,
S'il en est dont les noms ont volé jusqu'aux nues,
Au milieu du désordre entretenant la paix,
Tu méritas l'estime et l'amour des Français.
Personne, plus que toi, dans ces jours de détresse,
Ne montra ce courage aidé de la sagesse,
Qui sut nous arracher à de plus grands revers.
Pour prix d'un tel bienfait, on te chargea de fers.
Combien j'en ai gémi!..... Pour prix de tout mon zèle,
Me sais-tu quelque gré d'être resté fidèle;
D'avoir, dans le malheur, su tenir le serment
Que, les larmes aux yeux, je fis en te quittant?
Il est encor présent à ma triste pensée,
Le moment où je vis la gerbe dispersée;
Ce moment où, privé de l'appui d'un patron,
Trop foible épi, je fus chassé par l'Aquilon.
En vain j'aurois voulu conjurer la tempête :
Je dus, en la fuyant, lui dérober ma tête;
Et, poussé par le sort vers de lointains climats,
Decaën, j'y retrouvai les traces de tes pas.
En arrivant ici, j'arrosai de mes larmes
L'arbre que tu plantas..... Ces pleurs avoient des charmes!.....
Et, tout pensif, errant dans les bois du Réduit (a),

(a) Maison de campagne du gouverneur.

De ta sombre prison mes vœux perçoient la nuit.
Mais à la liberté qui pouvoit mieux prétendre !
Tu combattis pour elle, on a dû te la rendre ;
On doit, te rappelant aux premières faveurs,
Te faire, s'il se peut, oublier tes malheurs.
Avec quel doux plaisir j'apprendrai, dans cette île,
Où le sort, loin de toi depuis long-temps m'exile,
Qu'après tant de revers, Louis, par ses bienfaits,
A voulu réparer tous les maux qu'on t'a faits !
Avec quelle allégresse, absent de la patrie,
Qui pour moi fut toujours une mère chèrie,
En pensant aux Français, j'apprendrois que leur roi
Compte, pour les défendre, un brave tel que toi !

   Mon frère, c'est assez te parler de mes peines ;
Je crains, par leur récit d'aggraver trop les tiennes.
Mais puisqu'enfin j'ai pu commencer le tableau,
Je vais le varier par quelque trait nouveau.

   Morphée, un certain soir, avoit, à ma prière,
Touché de ses pavots mon humide paupière ;
Je rêvois qu'un beau jour luiroit le lendemain.....
Le lendemain !.... Quel hommme assez léger et vain,
Pourroit se l'assurer plus riant que la veille ?
Un grand coup de tonnerre en sursaut me réveille ;....
Je regarde, et je vois, à travers les éclairs,
Les débris d'un vaisseau dispersé sur les mers ;
Un autre, louvoyant au milieu de l'orage,
Cherche à gagner le port...... Il échoue au rivage.
   Neptune, qui sourit à ce spectacle affreux,
De son char fait jaillir les ondes jusqu'aux cieux ;
Ses coursiers écumans, que son trident irrite,
Bondissent furieux sur le sein d'Amphitrite ;
Tout tremble, et le Triton, lui-même épouvanté,
Au milieu de ses joncs n'est plus en sûreté ;

La plus profonde nuit, sur la mer étendue,
Ne cède qu'à l'éclair qui sillonne la nue;
Le sifflement des vents, les cris des matelots,
Répondent sur la plage au tumulte des flots.
De stupeur immobile, en ces momens terribles,
Que je vous regrettois, d'*Allier* rives paisibles,
Rives où si souvent j'ai contemplé le cours
De ses ondes coulant en paix comme mes jours!
Douce et mélancolique image de la vie,
Que je vous regrettois, ruisseaux de la prairie,
Qui, sur des lits de fleurs vers *Saint-Marc* serpentant,
Allez dans ses moulins vous perdre en murmurant!
Chamalières, Royat, lieux chers à ma jeunesse,
Présens à mon esprit, vous le charmez sans cesse;
Sans cesse à mes regards, à mes yeux fascinés,
S'offrent de mon pays les sites fortunés.
    Mais comment exposer à ton âme sensible
Une scène à décrire encore plus pénible (*a*)?
Comment te peindre, hélas! les tableaux déchirans,
Qui de leur sombre horreur glacent encor mes sens?.....
Ce bruit toujours croissant, cette épaisse atmosphère,
Ce ciel qui de son poids semble étouffer la terre;
Ces raffales, ces chocs, ces tourbillons affreux,
Entraînant, renversant, brisant tout devant eux.
Pourrai-je bien tracer sur cette froide page,
L'ouragan en tous lieux promenant le ravage :
Des bâtimens au loin les combles emportés;
Jusqu'en leurs fondemens tous les murs agités;
L'eau tombant par ruisseaux, et, dans un tel déluge,
L'habitant effrayé, fuyant, cherchant refuge,

(*a*) Affreux ouragan dans la nuit du 28 mars.

Refuge que peut-être il ne trouvera pas :
Le toit qui s'offre à lui s'écroule avec fracas....
Au milieu des débris, c'est vainement qu'il lutte :
L'infortuné succombe écrasé dans sa chute.
Le vent par intervalle apaise sa fureur;
Un moment il se tait... O silence trompeur!
O calme plus perfide encore que l'orage;
D'un désastre plus grand trop sinistre présage!...
Partis de tous les points, de longs mugissemens,
Du ciel et de la terre effroyables enfans,
Dans le creux des vallons tout-à-coup retentissent;
Les bois en sont troublés; les échos en frémissent.
L'oiseau qui dans les airs voltigeoit éperdu,
Soudain vient expirer sur le roc, abattu;
L'habitant des clapiers, timide Troglodyte,
Par l'orage meurtri, tombe en cherchant son gîte;
Et le hibou, trompé par cette fausse nuit,
Fait entendre dans l'ombre un lamentable bruit.
    La tempête redouble; échappés des montagnes,
Les torrens, écumans inondent les campagnes;
Les rivières partout, s'écartant de leurs lits,
Vomissent sur leurs bords un amas de débris,
Qui, par les vents, au loin, dispersés dans la plaine,
Volent en se heurtant sur la liquide arène;
Les arbrisseaux flétris, les vieux troncs mutilés,
Surnagent sur les flots, jusqu'à la mer roulés;
Mais la mer, que Neptune agite en sens contraire,
Sur ces mêmes débris exerçant sa colère,
Sur la plage, en grondant, les vomit à son tour.
A ce sombre tableau prêtant un hideux jour,
La foudre de ses feux éclaire le dommage,
Que l'œil du désespoir compte à chaque héritage!

Ensemble conjurés, les fougueux élémens
Se disputent entr'eux les dépouilles des champs;
Rien ne peut assouvir leur horrible furie;
Et, dans ce grand chaos du monde à l'agonie,
Le géant des forêts, surpris d'être ébranlé,
Epouvante en tombant le Faune désolé.

Mais laissons dans les bois gémir l'Hamadryade;
Et de nouveau portons nos regards sur la rade.
Quel spectacle!..... Des mâts, des gouvernails épars;
Des bordages brisés voguant de toutes parts;
Du pauvre matelot la dépouille flottante.....
Et des cris des mourans la rive gémissante.
Ces vaisseaux, qui, la veille, orgueilleux, triomphans,
Sembloient braver Neptune, et défier les vents,
Aujourd'hui n'offrent plus que la lugubre image
De leurs débris gisans, confondus sur la plage!
    J'avois encor les yeux sur ces tristes tableaux,
Et demandois au ciel la fin de tant de maux,
Quand tout-à-coup Eole est réduit au silence.....
Un navire paroît au loin..... C'est l'Espérance.
L'Espérance! Ce nom est d'un présage heureux :
Phébus brille un moment, et sourit à mes vœux.
Tout-à-coup on entend un signal de détresse :
On y répond : on court, on s'embarque, on s'empresse;
La rame fend les flots, et, par un noble effort,
Du naufrage échappé, le navire est au port.
Mais, hélas! ce n'est plus ce mouillage tranquille
Qui paroissoit hier offrir un sûr asile :
Le commerce affligé n'y peut apercevoir
Que le malheur, le deuil, suivis du désespoir.
Cependant il est loin de se laisser abattre :
Contre les coups du sort il se plaît à combattre :

On redouble d'ardeur, et prompt à le servir,
On charge le vaisseau qui bientôt va partir.
Son nom m'avoit séduit..... J'y retiens mon passage;
Je m'empresse à quitter ce dangereux rivage;
Ce rivage où jadis, par un même fléau,
Une jeune Créole a trouvé son tombeau;
Où, portant les regrets de sa muse attendrie,
Bernardin vint jeter des fleurs sur Virginie.
Aimable et triste objet qui coûta tant de pleurs,
Dont la toile a partout exposé les malheurs!
J'étois loin de prévoir qu'un jour j'irois descendre
Sur ce même rivage où repose ta cendre.

Trop long-temps retenu sur des bords étrangers,
Je vais, bravant les mers et de nouveaux dangers,
Revoir les lieux charmans, si chers à mon enfance;
Lieux encor embellis par une longue absence!
Je vais rejoindre un frère..... Ah! plutôt, un ami
Qui, vivant loin de moi, n'existe qu'à demi.
Adieu, Maurice; adieu, demain je t'abandonne :
L'amitié le prescrit, le devoir me l'ordonne;
Adieu, séjour de paix, champ d'hospitalité;
Adieu... Je pleurerai quand je t'aurai quitté.

Quitté!... Déjà ce mot a fait couler mes larmes!
Mon cœur contre lui-même en vain cherche des armes:
Moins fort, moins courageux, au moment de partir,
Je ne sais par quels nœuds je me sens retenir.
Je ne verrois donc plus l'île qui m'est si chère!.....
Ah! mon frère, permets au moins que je diffère;
Ici j'ai des amis ardens dans le malheur:
Avec toi ces amis ont partagé mon cœur.

Ai-je pu t'offenser, en parlant de partage?.....
Ils ont tout fait pour moi sur ce lointain rivage;

Et peut-être aujourd'hui, peut-être que sans eux,
Sans secours, sans appui, fugitif, malheureux.....
Ah! quel que soit mon sort : que je parte ou je reste,
L'alternative en est également funeste,
Puisqu'en obéissant aux lois de l'amitié,
Il faut de mon bonheur que je perde moitié!

    Mais, n'importe : je sens que, mis dans la balance,
Ces amis n'auront point sur toi la préférence.
C'en est fait : je réponds, mon frère, à ton appel;
Je pars... Tu m'as parlé du tombeau paternel.
Ce modeste tombeau, que ta mémoire honore,
Je désire avec toi le visiter encore :
Tribut de nos douleurs, tribut de notre amour,
Qu'un pieux monument signale mon retour;
Que deux cyprès jumeaux, élevés par deux frères,
Ombragent le cercueil du plus tendre des pères.

    Une autre tombe encore appelle mes regrets.....
C'est celle d'une mère..... Ah! qu'elle y dorme en paix:
Trop tôt, pour leur bonheur, à ses enfans ravie,
Trop tard, pour son repos, elle a perdu la vie!
Sur cette froide pierre, asile du malheur,
Je te prie en mon nom de jeter une fleur.
Mais dans peu je viendrai l'arroser de mes larmes;
Je viendrai dans ton sein déposer mes alarmes.
Oui, je vais m'arracher à ces brûlans climats;
Il me semble déjà te presser dans mes bras;
Déjà je fends les flots que fait rider Zéphire;
L'Espérance conduit le timon du navire;
Je touche à la patrie, et je sens dans mon cœur
Que, lorsqu'on la revoit, on renaît au bonheur.

FIN DE L'ÉPITRE.

LE
CHAMP-D'ASILE.

Sous un ciel étranger, lointain,
Quel est ce nouveau Triptolème,
Qui dans les champs, la bêche en main,
Mouille de pleurs le grain qu'il sème ?.....
C'est un de ces braves proscrits,
Nobles restes de la victoire,
Forcé de déposer jadis
Son épée aux bords de la Loire.

Si sur ses drapeaux abattu,
L'enfant de Bellone repose ;
A Waterloo s'il fut vaincu,
Les traîtres en savent la cause.
Deux fois sur nos soldats français
La victoire étendit son aile.....
Ils rêvoient encore au succès,
Tombant abandonnés par elle.

Ne se réveilleront-ils plus,
Ces braves, des braves l'exemple ?
Au champ d'honneur morts, étendus,
Mars avec respect les contemple.

Un seul d'entr'eux s'est relevé,
Pâle, sanglant, couvert de gloire.…..
Immortel, il est arrivé
Jusques au temple de mémoire.

France, ne les regrette pas,
Les héros qui, pendant la vie,
Trouvèrent un brillant trépas,
En s'immolant pour leur patrie!
Gémis sur ces preux, ces vaillans,
Qui, sous d'autres températures,
Vont traîner leurs lauriers errans,
Et leurs glorieuses blessures.

Les braves ont déjà touché
Le sol de la rive étrangère;
Déjà chacun s'est approché
Pour faire accueil à leur misère :
On s'irrite de leurs affronts ;
On veut connoître leur histoire :
Elle est écrite sur leurs fronts,
Sillonnés par trente ans de gloire.

Au Champ-d'Asile unissez-vous,
Nobles débris des vieilles bandes;
Et, triomphant du sort jaloux,
De vos palmes couvrez ces landes;
Ces landes qui par le malheur
Vont être enfin fertilisées,
Fières de la noble sueur
Dont elles seront arrosées!

Traitez en amis généreux,
Ces vieux enfans de la nature,
Premiers habitans de ces lieux,
Qui vous offrent retraite sûre ;
De l'Espagnol n'imitez pas
La conduite lâche et barbare :
Le fier héritier des Incas
Se souvient encor de Pizarre.

Par les arts rapprochant de vous
Ceux qu'en éloigneroit la crainte,
Forcez-les de trouver plus doux
Les nœuds d'une alliance sainte.
Le Ciel un jour vous puniroit
D'opprimer un peuple tranquille ;
Et malheur à qui chasseroit
Celui qui lui donna l'asile !

www.ingramcontent.com/pod-product-compliance
Lightning Source LLC
Chambersburg PA
CBHW061612180626
46818CB00005B/2044